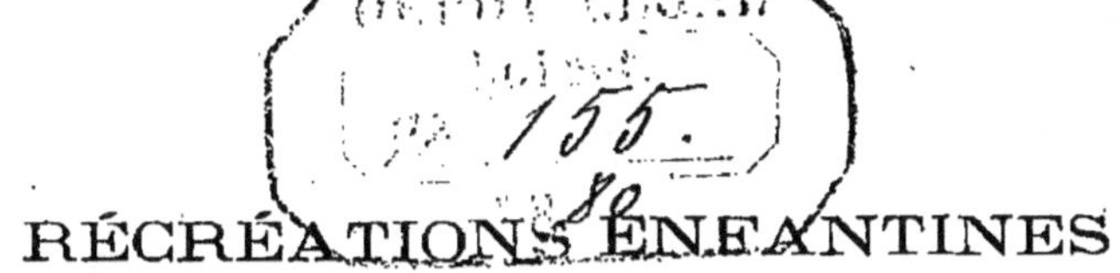

LE GRAND CONCOURS

DIALOGUE POUR PETITS GARÇONS

PAR

UNE AMIE DE L'ENFANCE.

Prix: 60 centimes.

ORLÉANS,

G. SEJOURNÉ, LIBRAIRE-ÉDITEUR,

41, RUE ET MAISON DES CARMES, 41.

1880.

(Propriété.)

Personnages.

AUGUSTE,
ERNEST,
OCTAVE,
CASIMIR,
JEAN,
JOSEPH,
LÉON,
FERNAND,
JULES,
MAURICE,
LE MAITRE.

Elèves.

le plus jeune élève.

NOTA. — Si cette petite scène est jouée par de jeunes élèves, il faut que ce soit un élève de même âge qui fasse le maître.

Si les maîtres trouvent trop long le petit morceau que récite chaque enfant, ils peuvent y supp'éer en faisant lire à l'enfant la copie du travail, ce qui entre également bien dans le plan du dialogue.

LE GRAND CONCOURS

SCÈNE PREMIÈRE

ERNEST, AUGUSTE, OCTAVE, CASIMIR, JEAN, JOSEPH, LÉON, FERNAND, JULES, MAURICE arrivent en courant; ils ont chacun un papier roulé à la main et chantent :

AIR : *Voisin, d'où venait ce grand bruit*

Amis joyeux, accourez tous,
Voici l'heure du rendez-vous
Qui va décider la victoire.
Cessez, cessez tous vos travaux ;
Elle a sonné l'heure de gloire.
Ah ! vos lauriers ! qu'ils seront beaux !

ERNEST (il regarde tous les élèves).

Eh bien, nous voici tous, aucun ne manque à l'appel.

AUGUSTE.

Pour ma part, je n'aurais eu garde de l'oublier ; il y a trop longtemps que je l'attendais.

OCTAVE.

Je voudrais bien que nous nous fissions une promesse.

TOUS.

Et laquelle ?

OCTAVE.

Chacun de nous s'est donné bien du mal pour préparer son petit travail. Tous sans aucun doute ne pourront être couronnés.

CASIMIR.

Il pourra toujours y en avoir plusieurs.

OCTAVE.

Nous ne pouvons guère l'espérer. Quoi qu'il en soit, promettons-nous mutuellement de n'être pas jaloux du vainqueur.

JEAN.

Oh ! Octave, comment peux-tu penser qu'un seul d'entre nous serait assez vilain pour laisser entrer ce mauvais sentiment dans son cœur.

JOSEPH.

Je vous avoue tout simplement, mes amis, que je serais bien content de mériter la couronne ; mais si elle revient à quelque autre, je partagerai sincèrement son bonheur.

LÉON.

Je ne sais pas, mais nous avons tant travaillé que j'espère qu'il y aura de nombreuses récompenses.

FERNAND.

Récompensés ou non, nous serons toujours satisfaits, puisque nous avons eu pour but de surprendre notre bon maître et de lui donner par un travail sérieux, une preuve de notre affection, de notre reconnaissance.

JULES.

Croyez-vous vraiment, mes amis, que notre bon maître ne se soit aperçu de rien ?

CASIMIR.

Cela m'étonnerait beaucoup, car toutes nos précautions ont été si bien prises que, sans des recherches extraordinaires, personne n'a pu s'en apercevoir.

JEAN.

Et toi, Maurice, as-tu bien travaillé ?

MAURICE.

J'ai fait de mon mieux ; mais ce ne sera pas si bien que vous qui êtes si savants.

JOSEPH.

Mais aussi tu es le plus jeune, et tu peux avoir eu plus de mérite que le plus habile d'entre nous.

ERNEST.

J'ai hâte que notre maître arrive. Savez-vous pourquoi ?

AUGUSTE.

Ce n'est pas difficile à deviner ; c'est parce que le concours commencera.

ERNEST.

Sans doute ; mais c'est surtout parce que je voudrais savoir ce que chacun de nous a à dire.

FERNAND.

C'est pourtant vrai. Quand je pense que nous avons agi en secret les uns des autres.

LÉON.

Aussi la surprise n'en sera-t-elle que plus grande.

CASIMIR.

Ne serait-il pas temps d'aller chercher notre maître ? Ne craignez-vous pas qu'il ne s'aperçoive de notre absence prolongée ?

JULES.

Et au moment même de lui faire une surprise, il ne faudrait pas pour cela lui faire de la peine.

JOSEPH.

Jules a raison. Je cours le chercher.

SCÈNE II.

Les mêmes, moins JOSEPH.

CASIMIR.

Oh! j'ai peur, je tremble.

LÉON.

Pourquoi donc?

CASIMIR.

Si notre maître n'allait pas être content?

FERNAND.

A quoi donc penses-tu pour avoir des idées pareilles ?

OCTAVE.

En tout cas, l'heure de craindre est passée, le moment d'agir est venu.

AUGUSTE.

En effet, car j'aperçois Monsieur qui vient vers nous avec Joseph. Entonnons notre refrain.

SCÈNE III.

Les mêmes, plus LE MAITRE et JOSEPH.

(Les élèves chantent.)

AIR : *Il était une bergère.*

A notre si bon père,
Donnons, amis, en ce si beau jour,
Une preuve sincère
De notre tendre amour,
Amour,
De notre tendre amour.

LE MAITRE.

Eh bien, mes enfants, tout ce que je vois est pour

moi une énigme: Que veut dire ce chant? que signifient
ces papiers que vous avez chacun entre vos mains ?
quelle est surtout la cause de ce sourire mystérieux
que je vois errer sur vos lèvres, de ces regards que
vous jetez les uns sur les autres ? Parlez donc, j'ai
hâte de tout savoir.

CASIMIR.

Assez longtemps nous avons agi dans le secret ;
l'heure est venue de nous expliquer, nous le ferons de
grand cœur.

FERNAND.

Puissiez-vous, Monsieur, être aussi content de notre
petite surprise que nous avons été heureux de vous la
préparer.

OCTAVE.

Il y a quelque temps, Monsieur, vous nous avez ra-
conté que pendant que vous étiez en classe, vous vous
étiez unis avec plusieurs de vos petits camarades pour
préparer des examens extraordinaires.

LÉON.

Nous ne l'avons pas oublié, et nous nous sommes demandé pourquoi nous ne ferions pas pour vous ce que
vous aviez fait pour vos maîtres.

AUGUSTE.

Notre décision a été bien vite prise, et nous avons
résolu de prendre sur notre sommeil et sur nos ré-
créations le temps nécessaire pour vous préparer cette
surprise.

JULES.

Nous ne pensons pas que vous ayez surpris notre
secret, car nous avons pris de grandes précautions,
mais maintenant notre cœur bat bien fort, car nous
craignons de ne pas réussir.

LE MAITRE.

Mes chers petits enfants, quelle aimable surprise

vous me faites. Oh ! ne craignez rien, je suis sûr que
vous allez tous vous tirer parfaitement d'affaire.
Voyons qu'avez-vous à me dire ?

(Ils s'asséient.)

MAURICE.

Si vous voulez bien, Monsieur, c'est moi qui vais
commencer, car mes camarades vont tous vous dire,
'en suis bien sûr, de si belles choses, qu'après eux je
n'oserais plus parler

LE MAITRE.

Comment ! mon petit Maurice, m'a aussi préparé
une surprise.

MAURICE.

Oh ! elle n'est pas bien belle ; à mon âge, tout seul,
on ne peut apprendre que des fables.

LES TROIS QUESTIONS.

Il était jadis en Espagne
Un grand monarque, et puis encor
Un petit pâtre de montagne,
Un enfant, mais qui parlait d'or.

Dans son palais, devant son trône.
Le roi fit venir le berger.
— Pour ta sagesse l'on te prône,
Mon fils, et je veux en juger.

Si tu parviens à me répondre
A trois questions, vite et bien,
Mais de manière à me confondre,
Mon fils, oui, tu seras le mien.

Dis-moi combien la mer profonde
A de gouttes d'eau dans son sein ?
— La chose est la plus simple au monde,
Quoique l'Océan soit bien plein.

Seulement, je vous en supplie,
Défendez bien, ô Majesté,

Qu'il tombe une goutte de pluie
Avant que j'aie tout compté.

— Pour lors, dis-moi combien d'étoiles
Brillent au front du firmament
Et de la nuit percent les voiles ?
— Je vous répondrai couramment.

Rassemblez-les des hautes voutes,
Dites-leur de descendre ici,
Et je vous les compterai toutes,
Les plus petites même aussi.

— Or ça, combien, peux-tu le dire,
Aura de jours l'éternité ?
— Ce que vous demandez là, sire,
C'est moins que rien en vérité.

Commandez, ô monarque auguste,
Que le temps s'arrête en son cours,
Et je ferai le compte juste
De l'infinitude des jours.

— Ton esprit est fin pour ton âge,
Mon petit pâtre, dit le roi ;
Tu m'as répondu comme un sage,
Sois mon fils et reste avec moi.

RATISBONNE.

LE MAITRE.

Parfaitement débité, mon petit Maurice Votre fable est bien longue et il vous a fallu beaucoup de bonne volonté pour en venir si bien à bout tout seul. Je suis content de vous.

LÉON.

Mon petit travail est un peu plus sérieux que celui de Maurice ; mais vous nous avez si souvent recommandé Monsieur, de bien nous appliquer au système métrique, que j'ai préparé un petit tableau que je peux réciter par cœur.

SYSTÈME LÉGAL DES POIDS ET MESURES

	Dénominations génériques.	Valeur.	Mesures de longueur.	Mesures agraires.	Mesures de capacité.	Mesures p[r] les solides	Poids.	Monnaies.
MULTIPLES.	Myria......10.000		Myriamètre	»	Myrialitre	»	Myriagramme	»
	Kilo........1.000		Kilomètre	»	Kilolitre	»	Kilogramme	»
	Hecto......	100	Hectomètre	Hectare	Hectolitre	»	Hectogramme	»
	Déca.......	10	Décamètre	Décare'	Décalitre	Décastère	Décagramme	»
	Unité.......	1	Mètre	Are	Litre	Stère	Gramme	Franc.
SOUS MULTIPLES.	Déci........	0.1	Décimètre	Déciare'	Décilitre	Décistère	Décigramme	Décime.
	Centi.......	0.01	Centimètre	Centiare	Centilitre	»	Centigramme	Centime.
	Milli.......	0.001	Millimètre	Milliare	Millilitre	»	Milligramme	Millime.

' Les expressions décare et déciare sont inusitées.

LE MAITRE.

Voilà qui prouve beauconp de travail, beaucoup
d'application. Je garde votre petit tableau, mon cher
Léon, et lorsque M. l Inspecteur viendra, je le lui ferai voir afin qu'il vous récompense lui-même.

FERNAND.

Vous m'avez souvent reproché ma gourmandise,
Monsieur ; aujourd'hui, peut-être me fera-t-elle avoir
quelques compliments, car c'est-elle qui m'a inspiré de
chercher les productions gastronomiques de la France.

Vous donc qui êtes friands, mes bons amis, écou-
tez-moi.

> La douce anisette à Bordeaux,
> Le bon chasselas à Fontainebleau.
> Vivent les cerises de Montmorency !
> Vive le cidre de Normandie !
> A Reims les bons biscuits,
> Les bonnes talmouses à Saint-Denis,
> A Moka le meilleur café,
> A Pithiviers les gros pâtés,
> Le bon gâteau de Nanterre,
> Le bon fromage de Gruyère,
> A Soissons les bons haricots,
> A Tours les excellents pruneaux,
> Au Mans les gros chapons,
> A Mayence les gros jambons,
> D'Arles goûtez les saucissons,
> Et de Lyon les bons marrons.

Je puis vous dire encore que les vins de Bour-
gogne et Champagne sont très-renommés, ainsi que
les vinaigres d'Orléans, les dragées de Verdun, les
groseilles de Bar, la morue de Terre-Neuve, le beurre
de Bretagne, les choux de Bruxelles, etc.

LE MAITRE.

Vous voyez une fois de plus, mes chers amis, qu'en toutes choses il faut considérer le bon côté. Nous devons au friand élève un petit devoir qui ne manque pas d'intérêt et qui, lui aussi, aura sa place sur le cahier d'honneur.

JULES.

Vous nous avez souvent dit, Monsieur, que nous devions demander la signification des mots que nous ne comprenions point. J'ai donc cherché le sens de certains mots que j'entends employer très-souvent. J ai donc appris ainsi que :

Judas veut dire un traître,
Vandale — un destructeur,
Lucullus — un homme riche,
Crésus — homme riche également,
Gargantua — grand mangeur,
Esope — bossu spirituel,
Hercule — homme fort,
Harpagon — avare,
Eden — lieu de délices,
Chimère — chose qui n'est pas vraie,
Esculape — médecin,
Cerbère — gardien sévère,
Gascon — menteur par vanité,
Sosie — personne ayant une grande ressemblance
        avec une autre,
Mentor — sage conseiller,
Orphée — grand musicien,
Néron — tyran,
Nemrod — chasseur infatigable,
Normand — menteur par intérêt,
Nestor — vieillard expérimenté.

JOSEPH.

Je n'ai pas travaillé si sérieusement que mes camarades, mon bon maître, aussi je ne sais trop ce que vous allez penser de mon devoir. J'ai cherché les principaux patrons des artisans, et voici ceux que j'ai trouvés :

Saint Charlemagne patron des écoliers,
Sainte Catherine patronne des jeunes filles,
Sainte Cécile — des musiciens,
Saint Casimir patron de la Pologne,
Saint Roch — des paveurs,
Saint Vincent — des vignerons,
Saint Fiacre — des jardiniers,
Saint Jacques — de l'Espagne,
Saint Joseph — des charpentiers,
Saint Luc — des peintres,
Saint Marc — de Venise,
Saint Martin — de Tours.
Saint Eloi — des forgerons,
Saint Etienne — de la Hongrie,
Saint Sébastien — des prisonniers,
Saint Médard — de Noyon,
Saint Hubert — des chasseurs,
Saint Honoré — des boulangers,
Sainte Geneviève patronne de Paris,
Saint Jean patron des imprimeurs,
Saint Côme — des chirurgiens,
Saint Crépin — des cordonniers,
Saint Nicolas — des garçons,
Saint Denis — de la France.

LE MAITRE.

Mais votre travail, mon enfant, a bien aussi son mérite, surtout si, comme je le pense, vous pouvez me

dire pourquoi ces saints ont été choisis comme patrons. Ces explications seraient trop longues en ce
moment, remettons-les à un autre jour.

OCTAVE.

Comme j'espère avoir le prix d'histoire sainte, je me
suis servi de ce livre pour l'objet de mon travail ; j'ai
cherché parmi les personnages que je connaissais particulièrement ceux qui étaient morts tragiquement.
Voici les principaux :

Abel tué par Caïn,

Absalon suspendu par les cheveux ;

Aman pendu à une potence ;

Coré, Dathan, Abiron engloutis dans la terre :

Goliath tué d'un coup de fronde ;

Nadab et Abiu dévorés par un feu intérieur ;

Oza tomba mort pour avoir porté la main sur
l'Arche ;

Sisara eut la tête percée d'un clou ;

Samson fut enseveli sous les ruines du temple ;

Héli tomba de son siège et se brisa la tête ;

Isaïe fut scié entre deux planches ;

Jézabel dévorée par des chiens ;

Saint Étienne lapidé ;

Saint Pierre crucifié la tête en bas.

LE MAITRE.

Lorsque plus grand, Octave, vous apprendrez l'Histoire de France, l'histoire ancienne, l'histoire mo-
derne, etc., vous trouverez dans vos études de quoi
terminer ce travail, dont je vous félicite sincèrement.

CASIMIR.

Il est bien heureux que, sans le savoir, deux n'aient
pas eu la même pensée.

LE MAITRE.

Comment, chacun ignorait donc le travail de son voisin ?

CASIMIR.

Oui, Monsieur, car, avec l'intention de vous surprendre, nous voulions aussi vous prier de décerner une couronne d'honneur à celui dont le travail vous semblerait plus méritant.

LE MAITRE.

Je ne demande pas mieux que de vous faire ce petit plaisir ; mais si le concours continue comme il a commencé, je serai vraiment fort embarrassé pour fixer mon choix.

ERNEST.

Revenons encore à l'arithmétique, mais revenons-y sur un côté bien agréable.

Le nombre 2 me rappelle les 2 tribus du royaume de Juda ;

3 — les 3 fils de Noé,
    les 3 inventeurs de l'imprimerie,
    les 3 mystères de la religion chrétienne,
    les 3 noms de Jérusalem,
    les 3 personnes de la Sainte-Trinité,
    les 3 règnes de la nature,
    les 3 vertus théologales ;

4 — les 4 âges du monde,
    les 4 évangélistes,
    les 4 grands prophètes,
    les 4 règles fondamentales de l'arithmétique,
    les 4 saisons de l'année ;
    les 4 points cardinaux ;

5 — les 5 sens ;

6 — les 6 voyelles;

7 — les 7 couleurs de l'arc-en-ciel,
les 7 péchés capitaux,
les 7 dons du Saint-Esprit,
les 7 jours de la semaine,
les 7 sacrements :

9 — les 9 chœurs des anges ;

10 — les 10 commandements de Dieu,
les 10 parties du discours,
les 10 plaies d'Egypte;

12 — les 12 fils de Jacob,
les 12 apôtres,
les 12 mois de l'année,
les 12 petits prophètes.

LE MAITRE.

Voilà un véritable travail, mon cher enfant. Aussi ma première occupation, dès que mes travaux me le permettront, sera de vous interroger longuement sur ces nombres. Votre devoir, lui aussi, sera inscrit sur le cahier d'honneur.

JEAN.

Je crois que chacun a pensé à ce qui lui plaisait davantage; c'est égal, j'avais bien peur qu'un de nous eût eu ma pensée, ce qui m'aurait fort contrarié. A moi donc l'histoire de France puisqu'on a bien voulu me la laisser.

Les 10 principales victoires de notre France et ses 10 principales défaites sont :

VICTOIRES :	DÉFAITES :
1. Tolbiac, 496 ;	1. Crécy, 1346 ;
2. Poitiers, 732 ;	2. Poitiers, 1356 ;
3. Bouvines, 1214 ;	3. Azincourt, 1415 ;

4. Marignan. 1515 ;	4 Pavie, 1525 ;
5. Rocroy, 1643 ;	5. Hochstett, 1704 ;
6. Denain, 1712 ;	6. Ramillies, 1704 ;
7. Fontenay, 1745 ;	7. Malplaquet, 1709 ;
8. Jemmapes, 1792 ;	8. Rosbach, 1757 ;
9. Austerlitz, 1805 ;	9. Leipsick, 1813 ;
10. Wagram, 1809.	10. Waterloo, 1815

Les 4 rois de France assassinés sont : Childéric II, par Bodillon ; Henri III, par Jacques Clément ; Henri IV, par Ravaillac ; et Louis XVI mort sur l'échafaud.

Les 6 rois prisonniers sont :

1. Louis le Débonnaire,	4. Jean le Bon,
2. Charles le Simple,	5. Louis XI,
3. Saint Louis,	6. François Ier.

LE MAITRE

. Je ne crois pas, mon cher enfant, exciter la jalousie de vos camarades en proclamant que, sans contredit, votre devoir est de tous celui que j'estime davantage, par le travail sérieux qu'il vous a demandé. Continuez ainsi, mon enfant, et vous vous préparerez un heureux avenir. Vais-je avoir quelque nouvelle surprise ?...

AUGUSTE.

Vous nous dites si souvent, Monsieur, que le travail de l'enfance prépare les succès de l'avenir, que je me suis appliqué, afin d'y trouver un motif d'encouragement, à rechercher les enfants qui tout jeunes ont rendu leur nom célèbre par le talent et le génie.

Voici ceux qui m'ont le plus frappé :

Jean Pic de la Mirandole, né en 1463, et qui passait à 10 ans pour le poète et l'orateur le plus distingué de toute l'Italie.

Blaise Pascal qui, né à Clermont-Ferraud, en 1623, découvrit à 12 ans, sans le secours d'un livre, les 32 premières propositions de la géométrie

Wolfgang-Amédée Mozart, né en 1756 qui, dès l'âge de 4 ans, faisait l'admiration de toute l'Europe.

Jacques Vaucanson qui, à 8 ans, en regardant attentivement une pendule, avait trouvé le moyen de composer une horloge, et une horloge qui allait bien.

Antoine Canova qui, à peine âgé de 9 ans, commençait sa réputation d'artiste en modelant pour le dessert d'un duc le fameux Lion de Venise.

Bertrand Du Guesclin qui, à peine âgé de 16 ans, s'illustra dans un tournois par de brillants faits d'armes.

Duguay-Trouin, ou le petit rioteur breton, qui entré dans la marine avait, à 18 ans, le commandement d'une frégate de 18 canons.

Lulli, dont le génie musical fut découvert par Michel Lambert, alors que le jeune Italien s'escrimait de son mieux sur les casseroles de la cuisine.

Combien d'autres encore que je pourrais nommer : Amyot, Gassendi, Linné, Winkelmann, Salvator Rosa, etc,

LE MAITRE.

La pensée qui a dirigé votre travail, mon enfant, me plaît tout particulièrement. Votre devoir a, lui aussi, un grand mérite dont je saurai vous récompenser. Sachez profiter des beaux exemples que vous avez étudiés, et ne vous laissez plus jamais vaincre par la paresse Eh bien, Casimir, qu'avez-vous à nous dévoiler?

CASIMIR.

Comme j'entends bien souvent parler de Versailles, du château de Chambord et de bien d'autres monuments qu'on dit être des merveilles, afin de ne pas paraître trop ignorant quand on en parle devant moi, j'ai voulu rechercher par qui et sous qui elles avaient été construites.

La Basilique de Saint-Pierre de Rome, par le Bramante, sous le pape Jules II, 1513.

La coupole de ce monument, par Michel-Ange.

Le dôme des Invalides, sous Louis XIV, par J. Mansart, de 1670 à 1700.

Les Tuileries, commencées sous Catherine de Médicis, en 1560, d'après les plans de Philibert Delorme.

Les jardins de Versailles et des Tuileries, par Le Nôtre, sous Louis XIV.

La machine de Marly qui porte les eaux à Versailles, par Rennequin Sualem, de 1675 à 1682.

Le château de Chambord, par le Primatice, sous François Ier, de 1526 à 1547.

La colonnade du Louvre par Claude Perrault.

Les caveaux de Saint Denis, sous Dagobert.

L'Eglise Notre-Dame de Paris, commencée en 1163 par Maurice de Sully qui en était alors évêque.

Je peux nommer encore le Pont-Neuf, le tombeau de Henri II à Saint-Denis, la colonne Vendôme, l'église Saint-Sulpice, les clochers de Chartres, le Château des Papes à Avignon, le Colysée à Rome.

LE MAITRE.

Mes chers enfants, je ne peux vraiment vous dire avec quelle satisfaction je vous ai entendus faire le rendu compte de votre petit travail. Vous avez tous fait preuve d'une grande bonne volonté, d'une application sérieuse. aussi je ne nommerai personne en particulier. Les devoirs de Casimir, d'Auguste et de

Jean l'emporteraient peut-être, mais j'aime mieux considérer l'intention qui vous a fait agir. Je vous donnerai donc à tous et de grand cœur cette couronne que vous me demandez, jamais lauriers n'auront été mieux mérités. Gardez-la toujours cette couronne comme souvenir de vôtre premier succès. Et maintenant, venez recevoir ces récompenses que vous avez si bien méritées, et souvenez-vous toujours que le bonheur se trouve dans l'amour du travail et l'accomplissement du devoir.